KB197036

길섶에 드리워진
그리움

채현석

도서출판 지식나무

시인의 말

글을 쓰기 시작한 것은 20년가량 되었고, 2006년 이 되어서야 '시' 등단을 계기로 정식 작가로 데뷔 하였지만, 아직도 좋은 풍광을 보고도 표현이 부 족하고 시어 찾기에 급급합니다. 시 등단을 축하해 주시며 초연(初研) 필명을 지어주신 김양숙 선생님 께 이 자리를 빌려 감사의 마음을 전해드리며 처음 먹을 갈아 글을 쓰는 마음 변치 말라는 의미가 담 긴 필명처럼 좋은 글을 쓸 수 있도록 노력하는 작 가로 문학 활동을 하겠습니다.

태어나면서부터 병마에 시달리는 유년 시절을 보 내며, 대인 기피증을 앓아 쇠약한 몸으로 힘겹게 살았지만, 어머니 사랑 덕분에 잘 견디며 성장하여 지금은 두 아들을 둔 가장으로 중년의 삶을 살고 있습니다.

몸과 마음이 힘겨울 때면 찾는 자연의 품에서 휴 식을 취하면서 노래한 글, 그리고 어머니 아버지, 형제들의 관심과 사랑 덕분에 살아온 감사한 마 음을 담아서, 세상여행을 마치는 날, 하늘에 계신 부모님께 가져갈 마음으로 글을 쓰게 되었습니다. 그동안 일기처럼 써온 글, 삼천여 편 속에는 부모 님 사랑, 그리고 자연을 사랑하며 더불어 사는 삶

의 이야기가 전부입니다. 시뿐만 아니라 수필. 시
조. 동시 부문에도 눈을 뜨게 되어 등단하고 창작
활동을 하고 있으며, 작년부터는 구미 아동문학회
에 창립 회원으로 동참하면서 아동 문학에 많은
관심도 가지게 되었습니다. 시인 작가라는 호칭에
어긋나지 않게, 좋은 작품을 구상하여 글을 쓰는
문학가가 될 수 있도록 노력하겠습니다.
이번 시집을 토대로 삶의 이야기를 담은 제2 시집
과 동시집을 출간할 수 있도록 창작활동에 몰두하
겠습니다. 독자 여러분의 많은 사랑과 관심 속에
성장하는 시인이 되도록 노력하겠습니다.
특별히 시집을 출간하는 데 있어 바쁘신 가운데 시
간 내어 도움을 주신 박윤희 시인님과 부족한 글에
서평이란 고운 옷을 입혀주신 공영란 평론가님, 그
리고 지인 작가님들의 관심과 사랑이 담긴 조언에
감사한 마음을 전합니다. 구미문화재단 창작지원
금을 지원받을 수 있게 되어 아름다운 시집을 꾸밀
수 있게 해주신 구미문화재단 관계자 여러분께 감
사 인사를 전합니다. 문학창작에 기여하는 향토 작
가로 노력하겠습니다. 고맙습니다.

첫 시집을 발간하면서

목차

2부 - 부모님을 그리며

3부 - 꽃 같은 인생 이야기

4부- 자연이란 함께 하는 삶

서평

1부

인생길에 담긴 그리움

가을 사랑

가슴에 곱게 물든 사랑
당신이 그리울 때면
낙엽을 바라보곤 하지

행여나 낙엽 위에 사연을 담아
보내올까 봐
설레는 마음으로

옷깃을 파고드는 바람
그리움 남겨 놓고 떠나간 당신이 생각나

가끔 넋 놓고 창공을 보곤 해
당신도 나처럼 하늘을 바라보고 있을까

밤하늘 별처럼 영원할 줄 알았는데
낙엽 따라 떠나가 버렸네
나 홀로 억새 춤추는 들판을 서성인다

겨울밤의 추억

문풍지를 파고드는 바람 소리
호롱불 아래 올망졸망 육 남매
화롯불에 굽던 감자 냄새

겨울이면 생각나는 주전부리
토굴 속 잠자던 고구마 감자
최고의 야식

고향 가면 생각나서 먹어보지만
그 맛은 어디로 갔는지 느낄 수 없다
지금은 거들떠보지 않는 먹거리
그땐 최고의 주전부리

함께 하던 육 남매
고향을 떠나 뿔뿔이 흩어져 살아가지만
모일 때면 추억을 되새기며 그리워한다

고백

눈앞에 있어도
서로 마음이 없다면
남남이지만

설령 멀리 떨어져 있어도
마음에 담고 산다면
사랑스러운 임이 되지요

당신과 나
마음에 담고 사는
그런 임으로
남은 삶
서로를 사랑하며
살아봅시다

사랑합니다
당신은 내 마음속
보석이란 걸
잊지 마세요

고향

세월 무심하구나
그리움 속 고향
어디로 데리고 갔니

오손도손 정이 넘치던
그때 그리워 찾아왔건만
낯설기만 하네

어디를 가야
일렁이는 그리움 잠재울까
보고픈 사람 어디서 만날까

세월아, 말해다오
무심한 세월아

눈물짓는 중년 불쌍하지 않니
나 좀 데려다줘라

그냥

가끔
보고 싶은 사람
추억 속 그 사람

비 내리는 창가
그리움의 빗방울
가슴에 적막을 깨운다

커피향기처럼
밀려오는 님의 향기
가슴에 여울진다

그냥
마음이 하는 소리
꽃은 피는데
별은 빛나는데

임은 어디에,
언제 오려나
기다려지는 봄날

그
리
움

가랑비는 알려나
담장을 서성이는 능소화
서글픈 마음을

떠나간 임
그리는 애달픈 마음
위로하는 천상의 눈물
꽃잎 위에 뚝뚝

임 향한 여인의 그리움이란 걸
당신은 아시나요
기다리는 마음을

망초꽃 핀 길 따라
찾아왔으면 좋으련만

냉면

따리 튼 면발에
살얼음 동동 육수를 넣고

감칠맛 나는 양념장
육전을 품고 밥상에 오르면

쓱쓱 젓가락으로 휘저어 입안 가득 넣으면
절로 나오는 탄성

행복한 미소 가득
여름날의 별미

능소화 사랑

달도 없는 캄캄한 밤
어둠에 뒤척이며 눈물로 옷고름 흠뻑 적신 채
새벽을 여는 여인

전생에 못다 한 사랑 담벼락 감고 올라
주홍빛 치맛자락에 그리움 담고 서 있네

오고 가는 길손을 파란 부채 너머로
살며시 살펴보는 애절한 눈빛

행여나 지나칠까
안절부절 애타는 가슴
토담에 한 내려놓고 발길 돌리는 여인

임은 아시려나 애달픈 마음
소쩍새 울음에 담아
임에게 보낸다

능소화 연정

담장에 서린 한은
꽃 되어 눈물 가득
바람은 그리움 품고
임을 찾아 떠나니

토담에 의지한 채
토해낸 붉은 혈흔
떠난 임 알고 계실까
애달픔에 눈물져

당신을 사랑하는 이유

내가 당신을 얼마나
좋아하고 사랑하는지 아시나요

당신을 사랑하는 마음
나만의 행복
그리움 또한 나만의 가슴앓이

당신을 사랑하는 것이 내 운명이라면
내 마음 몰라줘도 슬프지 않아요

당신이 있어 나는 행복하니까

마음의 꽃밭

내 마음에 아름다운 꽃밭
수수하고 해맑은 미소를 담아
곱게 핀 당신

고운 향기 뿌려놓고
행복을 건네주는 당신
나비 되어 맴도는 꽃 그늘에

인생 사계절
꽃이 피어있지요
세상에 하나밖에 없는 꽃
당신이지요

복사꽃에 드려진 그리움

간밤에 소쩍새가
울어 대며
그리움을 노래하더니
창문 너머 세상에
복사꽃이 가득 피었네

꽃망울에
고향 향기 가득 품고
타향살이 외로움 달래 주네

시냇물 소리에 젖어 드는 그리움
은빛 여울에 비추어진 낯선 얼굴

세월은 여기에 나만 두고
모든 것을 다 데려갔구나
길섶에 드려진 추억 속 그리운 사람

복사꽃 진달래꽃 곱게 피고
종달새 창공을 넘나들던
그곳에 가고 싶다

봄날의 연가

도리사 적멸보궁 오르는 계단 길
봄바람 불어와 대지를 깨운다

법왕루 담장에 기댄 매화나무 듬성듬성
봄을 그려 넣는다
고요한 산사를 곱게 물들이며 중생을 반긴다

꽃망울에 가려진 굽어진 줄기
마디마디 품은 인생 이야기

매화 목련꽃, 산수유꽃 줄지어 찾아오고
순번을 기다리던 씨앗들도
희망을 담으며 봄을 반긴다

빈자리

당신과 함께했던 시간
고목에 매달린 그리움 하나
떠난 자리에 샘솟는 눈물

마음도 사랑도 멀어져 간 골목에
몰아치는 눈보라
온기가 사라진 빈 의자
서러움에 흐느낀다

메마른 대지를 뒹굴던 외로움 하나
시인의 감성을 깨우며
펄떡이는 시어로 줄 세운다

어둠이 잠식한 밤거리
떠난 임 기다리는 빈자리에
고독만이 내려앉는다

뻥튀기

싸늘한 바람 타고 뻥튀기 기계는
빙글빙글 불춤을 춘다
동네 꼬마들 기다림의 눈빛
"뻥"이요
아저씨의 함성에 귀를 막고 미소를 짓는다

포문을 열고 나오는 하얀 뻥튀기
설레는 기다림
양푼 가득 퍼주면
경쟁의 손짓에 채워지는 행복

오일장 구석진 곳에서 가끔 추억을 토해내며
중년의 발길을 붙잡는다
먹거리가 넘치는 요즘
추억을 회상하는 주전부리 되어
우리를 반겨준다

사랑하는 당신

그대 마음의 텃밭에
사랑 한 포기 심으렵니다

향기 가득 담긴 그대 마음을
산책하려 합니다

곱게 핀 꽃송이
나비 되어 머물고 싶어요

내 생애 최고의 사랑
그대와 나누고 싶네요

사랑합니다
함께라서 행복한 세상

세상살이

가을바람에
잎이 떨어지네
바람 때문인가 했더니
세월이 데려가네

잎새에 드리워진 햇살은
그리움인가 했더니
세월이 남기고 간 흔적
어쩔 수 없구나

탐스럽게 익어 가는 가을처럼
내 삶도 영글어 가네
달달한 홍시 같은 세상살이 되었으면 좋겠다

성숙한 사랑

사랑이
내 마음에 밀려온다
당신 사랑에 빠져드는 나

불타는 열정으로
물들이고 싶다

깊은 동굴 속에서
천천히 숙성해져 가는 포도주 같은
사랑으로 익어 간다면 좋겠지

중년의 문턱을 넘는 나
사랑을 담은 술잔을 들고 행복 노래 부르고 싶다

연꽃

연잎에 도르르
굴러떨어지는 빗방울

개구리 울음소리에 그리움 가득
분홍빛 꽃잎에 그려진 그대

찻잔에 달콤한 사랑 담아
당신께 전합니다

빗줄기 멈추고 햇살 드리워지면
무지개 길 따라
당신 만나러 갈래요

분홍빛 치맛자락에 행복 담아 주실 거죠
미소 짓는 당신이 그립습니다

옥수수

고향의 정을 품은 너
구수한 향기는
하늘 가신 울 엄마 생각나게 해

채반에 담긴 너의 모습
올망졸망 어린 육 남매 바라보며
힘겨움을 달래시던
울 엄마가 보고 싶다

은하수 강 건너
울 엄마도
추억을 회상하며
미소 지으시려나

옥수수가 익어가는 여름날이면
간절한 마음 가득해
옥수수 한알 한알에 담긴 정을
가슴에 담는다

풀 벌레 노랫소리 맴도는 고향 집
마당에 멍석 깔고
바라보던 밤하늘이 생각난다

다시 돌아갈 수 없는 추억이지만
가슴 속에 남아
삶에 지쳐 힘들 때면
토닥여 주는 고향이 있어
나는 좋다

자화상

고향이 그리워 찾아갔다
어렸던 마음에 큰 나무는 세월의 바람에
가지를 잃고
쇠퇴한 몸으로 길손을 반겨 준다

졸졸 흐르는 개울물은 추억을 담아 노래하다
손짓으로 나를 부르네, 달려가 물속을 바라보니
송사리 떼 사이로
머리 희끗희끗하고 깊은 주름살 파인
사내가 나를 쳐다본다

어디서 본 듯한 모습을 간직한 채
물끄러미 바라보는 모습
조잘조잘 목소리가 귓가에 맴도는데
중년의 슬픈 미소만 보인다

바윗돌 들썩이며
송사리 잡던 꼬맹이는 어디 갔을까
족대에 걸린 송사리 눈망울 바라보다 놓아주며
손 인사하던 꼬맹이 어디에 있을까

장터 국밥

바람이 차가운 날
오일장 모퉁이 가마솥에
펄펄 끓고 있던 국밥
그 맛이 그리워
장터를 찾아 헤매도
찾을 길이 없구나

세월의 바람 따라
가버린 입맛 찾아
세상을 헤매어도
찾을 길 없는 그 맛
정처 없이 떠도는 식객
언제쯤에 맛볼까

짝사랑

당신을 사랑하고 있지만
다가가 고백 한 번 못 하고
가슴에 담고 살지요

쌓이고 쌓이는 설레는 마음
그대는 아시려나
단풍잎처럼 타들어 가는 가슴을

별이 빛나는 밤하늘 아래
그대 잠든 창가를 서성이며 그리워합니다

용기 내어 고백도 하고 싶지만
멀어질까 두려워 속만 타는 이내 맘

오늘도 당신을 가슴에 담고
수줍은 고백을 해봅니다
그대를 사랑해도 될까요

찔레꽃 필 때면

하얀 찔레꽃에
그리움이 몽실몽실

배고픔 달래려
하얀 꽃 따먹다가
가시에 찔려

꽃잎에 피가 뚝뚝
떨어져 붉게 물들었지

찔레꽃 필 때면
생각난다

지금은 어디서 잘 지낼까
보고 싶다 친구야

찻잔에 담긴 그리움

그대
그리워지는 아침이면

찻잔에
띄운 꽃잎 위로

그대 얼굴
피어나 미소 짓지요

그리움은
향기가 되어
가슴에 내려앉는다

당신이 보고플 때면
찻잔을 들고
추억의 길을 걷지요

추억을 담은 도시락

가방 속 네모난 도시락
어머니의 정성이 담긴 밥과 반찬
시오리 등굣길에 따라나섰네

아침부터 기다리던
4교시 시간
왜 그리 길던지

난로 위에 탑을 쌓고
고소한 냄새 품은 올망졸망한 눈빛
점심시간 종소리만 기다린다

허겁지겁 배고픔을 달래주던 도시락
하굣길엔 딸랑딸랑 소리 내며
친구 되어주던 도시락이 그립다

친구를 그리며

하늘이 내리고 땅이 권하는 명주보다
정다운 친구와 마시는 소주 한잔 나는 좋다

꽃 피는 봄
장대비 내리는 여름
단풍이 물든 가을
앙상한 가지에 흰 눈 소복이 쌓이는 겨울

혼자 마시는 술잔에
그리움이 넘쳐흐른다

친구야 내 마음 아니

바쁜 일상 잠시 내려놓고
술 한잔하세나
보고 싶다 친구야
얼굴 한번 보여 주게나

큰형님

어릴 적엔 동생을 위해 좋은 것 양보하고
나이 들어서는 동생 걱정에
마음 편할 날 없으신 형님

아버지 어머니 떠나시며 지고 계시던
무거운 봇짐 넘겨받고도
힘겨움 한번 표현 안 하시고
늘 미소로 반겨 주시는 형님

감사한 마음은 알고 있지만
표현 못 하는 동생 마음을 아시는지요

늘 베풀어 주시는 사랑
잊지 않고 보답하는 마음으로
열심히 살아가겠습니다

감사합니다, 사랑합니다

폐교

잡초 무성한 모교
어릴 적 추억 찾아왔더니
교실 벽에 걸린 사진 속 친구들이
넉살스럽게 깔깔대며 반긴다

어느새 훌쩍 자란 향나무
반갑게 반겨 주며
옛이야기 들려준다

작아진 단상에 올라 친구 이름 불러보고
서글픈 마음 담고 교문을 나서려니
발길은 천근만근

언제쯤 친구들 다시 만나
옛정을 나누어 볼까
보고 싶다, 친구야

한 쌍의 직박구리

전생에 복이 많아 날개 달고
세상 여행 떠돌던 한 쌍의 직박구리

산길을 다정히 노닐다가 불의의 사고로
생을 마감하게 된 새 한 마리

주검을 바라보며 발 동동 구르고
울부짖던 짝 잃은 새
애달프고 기가 막힌다

"차를 세워
주검이라도 양지바른 터에 묻어 주며
영혼을 달래주고 와야 했는데"

직박구리 울부짖던 모습
그냥 지나쳐
가슴이 먹먹하고 아프다

2부

부모님을 그리며

고향의 봄

물안개 두리둥실 산촌을 휘감고
매화, 산수유꽃 봄을 부른다

딸그랑딸그랑 요령 소리,
소를 몰아 밭을 갈던 아버지

한을 담은 농요 가락,
귓가에 맴돌아 가슴에 내려앉는다

봄날이 머무는 고향
냉이된장국, 달래 무침 밥상

고향 집 툇마루에 담긴
정을 만나러 달려가면

벽에 걸린 빛바랜 사진 속
울 엄마, 울 아버지, 웃으며 반겨 주네

그리운 아버지

겉으론 강하면서도, 마음은 부드러운 아버지
가족을 위해 어깨가 짓물러도
무거운 짐 내려놓지 못한 채 짊어지고 가신 길

삼베옷 입으시고, 꽃가마 타고 가실 때
그제야 편한 모습

세상이 잠든 밤 툇마루에 앉아 하늘을 바라보며
길게 뿜어내던 담배 연기
그때는 몰랐네, 아버지의 외로움을

술잔에 눈물 감추던 아버지
좋은 옷 맛난 음식조차,
가족에게 남겨 주던 마음
이제야 알 것 같다
아버지의 사랑

캄캄한 밤하늘 바라보던 아버지 마음을 알 것 같다
지금의 내 마음인걸, 가장이 되고 보니
이제야 느낄 수 있네

그리운 어머니

아름다운 세상에
태어날 수 있게 해주셔서 감사합니다

가시고기 사랑으로 보살펴 주신 어머니
나이가 들어갈수록 감사한 마음이 넘쳐흐릅니다

자식 위해 모든 걸 다 내주시고
수의 한 벌 입고 꽃 가마 타고
하늘 여행 가신 어머니

별빛 고운 하늘에서 자식 걱정 눈물짓는 어머니
풀잎에 아롱집니다

생전에 왜 몰랐을까요
돌이켜 보면 한숨만 가득합니다

꽃 한 송이 달아 드리지 못하고
사랑한다는 말 한마디 못 한 채 보내야 했던
불효자식,

가슴 치며 후회해도, 돌아갈 수 없는 그 자리
그립습니다, 사랑합니다, 어머니

다랭이 논

꼬불꼬불 논두렁 하늘만 바라보는 천수답
가난한 농부의 생명줄

반가운 단비 내리는 봄날
소 등에 쟁기 올려 써레질하던 아버지

어렵사리 모내기하고도 가뭄이 오면
하늘 보고 가슴 태우던 아버지

거북등처럼 갈라진 논바닥,
타들어 가는 논 바라보며
담배 한 모금으로 가슴 달래던 모습

걸쭉한 막걸리 한 사발에
슬픈 마음 감추어야 했던 아버지의 마음
꾸불꾸불 논두렁에 돋아난다

당신이 서 있던 자리에서 바라보는 세상
무척 힘들었던 마음,

소를 몰아 밭 갈며, 당신이 부르던 농요에
힘겨움이 서려 있음을,

도토리묵

가을빛이 좋아서
산길을 걷는다
지나던 바람
추억하나 던지고 간다

발아래 떨어진 도토리
방긋 웃으며 나를 반긴다

마음 한 모퉁이에
잠들었던 사연 하나
그리움 토해낸다

울 엄마가 만들어 주신
도토리묵이 생각 난다
언제쯤 다시 맛보려나

목련이 피는 날에

봄이 오네요
아지랑이 피어나는 언덕을 넘어
매화꽃 앞세우고 종달새 지저귀는 들녘으로

별들은 세상 구경 왔다가 담장 아래 머물고
목련꽃 하얀 치맛자락 그리움 물결치는데

꽃비 내리던 날
꽃가마 타고 떠나신 임은 오시질 않네

삼베옷 입으시고 떠나시던
발길 붙잡지 못하고 울기만 하던 나

당신이 그리워
봄이 오는 언덕 위에 올라 당신을 불러 봅니다

바람결에 미소 짓는 제비꽃
살아생전 당신의 모습

목련꽃 떨어지는 고향 동구 밖을
말없이 서성인다

미역국

유난히 어머니가 보고 싶다
이 세상여행 올 수 있게 해 준 날

태어난 지 사흘 만에 찾아온 원인 모를 병마
생명 불꽃 꺼져 가다가, 두 돌이 되어 힘겹게
살아난 나

태산보다 높은 가시고기 사랑
그 어디에 견줄 수 있을까
생전에 왜 몰랐는지 가슴이 저며 온다

당신이 없었으면 아름다운 이 세상
여행하지 못했을 건데,

사랑합니다, 고맙습니다

미역국 한 그릇, 어머니 생각에 눈물 난다

봄날의 그리움

초승달 아래 세상
소쩍새 울음소리에 그리움 담는다

꽃비 내리는 가로등 아래
뿌연 담배 연기 속 중년의 뒷모습

처진 어깨는 힘겹고 쓸쓸하다
고향 언덕에 터 잡고 계시는
아버지가 그립다

아버지도 지는 꽃 바라보며 눈물지었을까
꽃처럼 떠나갈, 이 세상 즐겁게 살고 싶은데
마음대로 안 되는 게 삶이구나

별을 바라보며
아버지를 불러본다

빗속에 연가

투둑투둑
양철판 지붕에 떨어지던
빗방울 귓가에 맴도는데
세월의 바람에 떠밀려 사라져 간 풍경
빗소리 파고들며 옛 노래를 부른다

기나긴 가뭄에 단비 내리는 텃밭
바라보며 미소 짓던 아버지
어머니는 솥뚜껑 엎어 놓고 감자전 부쳐서
막걸리 한 사발 건네시며 풍년 농사 기원하셨지

오순도순 툇마루에 앉아
꽃피우던 행복, 찾을 길 없구나
토닥토닥
빗방울 그리움 달래준다

산
나
물

높은 산 깊은 계곡
흐르는 시냇물은
추억을 담고 흐른다

철쭉꽃 핀 봄날이면
산으로 나를 이끈다

산 넘고 계곡 건너
산나물 찾아 산행하던 추억

어머니 생각이 간절하다

나물 쌈 싸서 주던
어머니 어디로 갔나
봄날이면 그립다

생일날에

벌써 계란 두 판의 삶을 살았나

이른 아침 바라본 세상
흐릿한 기억 속 그리움만 아롱진다
이 세상 올 수 있게 해줘서 감사합니다

살아생전 불효만 하고 꽃가마 타고 갈 때,
통곡하며 후회했던 그날
살아가면서 가슴에 담고 사는 아쉬움과 그리움

오늘 하루 먹먹한 마음,
관세음보살 기도문 읽으며
위로하는 시간 속에 살았다

꿈에서도 뵙기 어려운 울 엄마·아버지
오늘 밤엔 만났으면 좋겠다
꽃바구니에 사랑 담아서 전하고 싶다

성묘

옥수수 밭모퉁이
자리 잡고 잠든
울 엄마 울 아버지

망초꽃 망울에
그리움 걸어 놓고
고향 떠난 나를 기다렸나

보름달 드리워진 고향 집
추억을 회상하며 밤새 흘린 눈물
풀잎 위에 가득

이슬방울에 맺힌 그리운 얼굴
술 한 잔 따라 놓고,
살아온 이야기 도란도란

들꽃 향기, 산비둘기 구슬픈 음성,
머무는 밭두렁에 앉아
옛 생각에 빠져본다

아버지

소쩍새 슬피 우는 밤
무슨 서러움 많아 슬피 울까
별은 그 마음 아는지 아롱지며
하나둘 내려오네

밤하늘 물끄러미 바라보며
피우시던 담배 향기가 그립다
그때는 왜 싫어했을까

나이가 들어가나 보다
힘겨운 삶을 사신 아버지 마음 알 수 있으니

소쩍새 마음 되어 실컷 울고 싶다
기억 속에서 왜 멀어져 갈까
술잔 올리며
아버지 마음을 위로해 드리고 싶은 밤

아버지의 지게

고향 집 처마 밑에 누워 있는 낡은 지게
생전에 아버지 생각난다
휘어진 허리에 힘겨운 삶의 흔적

지게 발에 담긴 무거운 짐꾸러미
낡은 신발에 시름이 배어나고,
흘린 땀 흠뻑 젖은 적삼에는 아버지 애환이 가득

지게 작대기 두드리며 부르던 아버지 삶의 노래
막걸리 한 사발에 눈물 감추고
힘겨워할 때면 곁에서 위로 하던 동반자

봄 햇살이 담벼락에 내려앉는 날이면
지게를 쓰다듬으며
살아온 이야기를 나누던 모습

힘겨운 지게 내려놓고
제대로 쉬지도 못하고 떠나신 아버지

가족의 행복을 나르던 소중한 유물
가끔 그때가 그리워질 때면 매보던 지게도 떠나 버렸으니
어디를 가야 아버지의 흔적을 만나볼 수 있을까

아픈 기억을 회상하며

엄마는 나를 위하여 모든 걸 다 주셨지
태어나 사흘 만에 찾아온 병마를 떨쳐 내라고
장독대에 정화수 떠 놓고
밤이면 간절히 기도 하셨지

유년 시절 쇠약한 몸으로
살아가는 나에게 용기를 주시던 엄마

나이가 들어 철이 들 무렵
무엇이 급해서
효도 한번 못 받으시고 가슴에 옹이 하나 남긴 채
삼베옷 차려입으시고
꽃 가마 타고 떠나셨는지

보고 파도 볼 수 없지만
빛바랜 사진에서 미소 짓는 울 엄마

언제쯤 만나 볼까
꿈속에라도 만날 수 있다면 좋으련만

어머니 1

어느 길이 이보다 험하다고 하리오
어머니가 걸어오신 인생길, 언덕길을 견줄 수 있나

말없이 베푼 사랑
내 어찌 그 은혜를 잊을 수 있으리오
곱디곱던 모습은 어디 가고, 가시고기 사랑 흔적
앙상해진 모습만이 가슴속에 남아 있네

험난한 인생길 말없이 걸으시다
옥수수밭 모퉁이 삼베옷 입으시고
꽃 가마 타고 가신 어머니
힘든 인생길 걸으시던 어머니 마음
왜 몰랐을까
떠난 후에 깨달은 못난 자식

꿈에라도 만날 수 있으면 좋으련만
그 또한 자식을 위한 배려일까
지난 일 잊고 살라는 어머니의 마음
빛바랜 사진을 보며
세월의 강가를 서성인다

어머니 2

밤하늘 별처럼
그리움 머무는 밤

벽에 걸린 빛바랜 사진 바라보며
어머니를 불러 본다

어머니 생각에 눈물 난다

꿈속에서라도 만날 수 있을까

당신을 그리는 마음 담아
그리움의 시를 읊는다
내 마음 아실까

어머니 3

고향이 그립다
어머니 잠든 언덕배기
올망졸망 망초꽃에 그리움 가득

살아생전 머리에 수건 두르고
밭일하던 어머니 생각에 가슴이 먹먹하네

물 한 사발로 목축이고
하늘에 미소를 담던 모습,
힘겨운 삶 살다 가신 어머니

꽃잎에 담긴 어머니 모습
고향 떠난 나를 기다렸나

어머니 4

엄마
생각만 해도 뭉클함에
목이 멘다

그리움에 눈물 나고
숙연해지는 마음
하늘보다 높고, 바다보다 깊은
엄마의 마음

엄동설한에
따스한 온돌방 같은 엄마
등대 같은 존재

이제는 곁에 없지만
늘 가슴 속에는
엄마의 따스한 마음이 숨 쉰다

엄마 꽃

세상에 이런 꽃은 없다
향기가 있고
고운 색을 지닌 꽃이라도
울 엄마만큼
아름답지 않다

사랑의 향기로
자식을 반겨 주시던
울 엄마는
세상에서 제일 아름다운 꽃

하늘 여행 떠나가신 지
오래되었지만,
아직 내 가슴에
피어 있는 꽃

세월이 흐를수록
향기는 짙어지고
그리움이 더해 가는
꽃 중의 꽃

울 엄마 꽃이다

엄마가 그리운 봄날

복사꽃 곱게 핀 텃밭에 앉아
봄나물 뜯던 우리 엄마

봄이 오면
꽃향기 그리움 되어
가슴에 일렁이네

텅 빈 고향 집 툇마루에 앉아
추억의 밥상을 그려본다

수북한 보리밥 한 사발
봄 향기 품은 된장국
엄마의 손맛이 그립다

언제쯤 다시 만나
행복의 밥상을 맞이하려나
꿈속에라도
만날 수 있으면 좋겠다

엄마가 그립다

엄마
가슴 뭉클하게 하는 낱말

우산처럼 늘
나를 지켜주던 엄마

자식을 위하여
모든 걸 내려놓고
사랑 주시던 엄마

이제는 떠나가고 곁에 없네

가슴에 꽃 한 송이
달아 드리지 못하는 채
보내야 했던 불효자식

당신이 서 있던 자리에 서서 바라보는 세상
그리움이 밀려들어 앞을 가린다

고향 언덕배기 무덤가에
할미꽃으로 환생하여
자식을 기다리는 엄마

엄마 생각

기대어 누굴 기다리나

바람이
들려주는 세상 이야기

자식을 기다리며
골목길 서성이던 모습

하얀 머리에
꼬부라진 허리
우리 엄마 생각이 나네

언제쯤
만나려나 그리워진다

찔레꽃

밭둑을 하얗게 물든 찔레꽃
하늘나라 가신 울 엄마 생각나네

밭두렁에 고무신 벗어놓고
이랑에 매달려 호미질하던 울 엄마
힘겨운 인생살이 얹어 놓았던 꽃

뜸부기 슬피 우는
화전 밭 잡초만 무성하구나

밭고랑에 호밋자루 내려놓고
떠나간 울 엄마
언제쯤 오려나

덩그러니 손때 묻은 낡은 호밋자루에
내려앉은 그리움

팥시루떡

쌀가루 한층 삶은 팥 한층,
층층 쌓아 차진 궁합, 시루 속에 오순도순
토닥토닥 부지깽이 타오르던 불꽃

고향 찾아올 자식 생각에 미소 짓던 어머니
시루가 뿜어내는 수증기 너머로 먼동이 튼다
맛난 음식 만들어 자식 입에 넣어 주려,
잠을 설친 채 아침을 열던 풍경

무쇠솥 여는 소리, 어머니 기침 소리,
어머니가 서 있던 부엌을 바라보니
미안한 마음만 가득하고 마음 아프다
맛볼 수 없는 어머니 손맛,
고향 집을 기웃거려도 찾을 길 없네

할미꽃

가을날, 양지바른 언덕
바위 아래 철모르고 찾아온 할미꽃

찬바람에 싸늘함도 잊은 채
굽은 등으로 동구밖 서성이던
울 엄마 같구나

엄마 품 그리워 고향 달려가면
반겨 주었는데
자식 그리워 찾아왔나

낙엽 이불 덮어주고
돌아서는 발길
못난 자식 걱정하며 눈물짓던
울 엄마 생각 난다

홍시

가을바람 불어와
세상 물들더니
익어 가는구나
그리움으로

살아생전에 좋아하던
홍시만 보면
엄마 생각난다

홍시처럼
달콤한 엄마
정이 그립다

엄마별 반짝이면
소반에 홍시 담아
찾아가야겠다

홍시에 담긴
그리움 꺼내 놓고
엄마랑 놀아야지

화전밭

햇볕에 그을리신 얼굴
하늘 여행 갈 때까지
호밋자루 놓지 못하고
굽은 허리에 어둠을 얹고 집에 오셨지

새벽이슬에 젖은 옷자락
닳고 다른 손톱에
거북등처럼 갈라진 손바닥
동동 구루무 발라도
되찾을 수 없는 손

그 모습마저 볼 수 없는 현실
왜 그리 빨리 가셨는지
고향에 가면 뵐 수 있을 것 같아
달려가 보지만
뵐 수 없는 그리운 어머니

잡초만 무성한 화전 밭
망초꽃만 나를 반겨준다

후회

어찌 잊으랴 어머니 사랑
철없던 시절
어머니 마음 아프게 했던 못난 자식
하늘 여행 떠난 후 나는 알았네

나이 들어갈수록 그리움만 더 해가고
가슴 치며 후회해도 돌이킬 수 없는 일
서러움에 눈물만 뚝뚝

꿈속에라도 뵐 수 있으면 좋으련만
자식 걱정할까 봐 보이질 않나
오늘 밤엔 꼭 뵙고 싶다

3부

꽃 같은 인생 이야기

10월을 보내며

하늘이 맑아 빨래 널기 좋은 날
다락방에 잠든 추억 꺼내어
가을빛을 쐰다

빛바랜 화폭 세월 먼지 뒤집어쓴 그리움
가을바람 타고 추억 찾아 떠나는 발길

들국화 향기 품은 편지지에
추억 하나 첨부하여
빨간 우체통 앞에서 하늘을 바라본다
어느 하늘 아래서 나처럼 하늘을 보겠지

시월이 저무는 밤
카페에서 흘러나오는 애잔한 멜로디
가슴에 파고든다

12월의 편지

세월이 빠르다
일출에 희망을 담던,
그날이 엊그제 같은데,
벌써 이별 준비

세운 계획 이룬 것 없고,
아직 진행 중인데,

마음 쓸쓸한 마지막 달
짧아지는 여행길,
가로수에 물드는 아쉬움

한 해 마무리하고
새로운 시작 출발선에 서서,
바라보는 내일은
늘 설렘 가득

**감
사**

가을 하늘 볼 수 있고
사계절 자연이랑 살아갈 수 있다는 것,
감사할 이유이지요

풍족하지 않지만, 함께 할 수 있는 가족
형제가 있고, 이웃이 있어
감사한 마음이지요

물질적 궁핍함도 내게 소중한 삶
아프지 않고 건강하게 산다는 게
감사할 이유이지요

주어진 환경에 감사하며 사는 게 행복이지요
욕심이 많아서 감사함을 모르고 산다는 건
불행한 삶을 사는 거지요

내려놓은 마음, 감사한 마음을
실천하는 것이 힘들다면
사는 게 불행의 연속이지요

네 나이 얼마고

희끗희끗한 머리에 깊게 파인 주름살
거울을 보고 묻는다 네 나이 얼마고

주마등같이 깜박이는 추억 속에 나는 있는데
어디로 갔을까 세월이 데리고 갔나

길가에 나부끼는 낙엽이 미래의 내 모습일까
모래시계 흐름 속으로 사라져 가는 나

울 엄마, 아버지도 내 마음 같았을까
노을빛 등대는 손짓하며 나를 부른다

내 나이 잊은 지 오래, 세월 늪을 허우적거리며
최후에 발악해 보지만 빠져드는 처량한 신세

제발 묻지 말아줘,
나를 슬프게 하는 말, 나이는 숫자라 말들 하지만
청춘으로 살고 싶단 말이야

놋그릇

토담 아래 덩그러니
놓인 놋그릇

살아생전
아버지 밥상에
고봉밥 담아 올랐는데

언제부터
천덕꾸러기가 되었을까

눈 부신 햇살에
그리움을 담는 너

간간이 불어오는 바람
안쓰러워 어루만진다

막걸리

투박한 사발에
여울지는 고운 빛깔

텁텁한 목젖을
휘감으며 갈증을 반긴다

노릇노릇 구워진 파전
감싸안고

희로애락을 품은 채
춤춘다

만남

인생의 반을 넘어
예순이란 나이
돌아보며 많은 깨달음을 얻었다

살아오면서
수많은 만남과 이별 속에
좋은 인연 만나
행복을 꽃 피웠고

힘겨운 인연 만나
좌절도 하였고, 이별도 하였지

남은 여행길
옷깃을 스치는 인연
고운 향기 나누는 인연으로
만났으면 좋겠다

만학도의 꿈

젊었을 때, 배우고 싶어도
배움의 길을 걷지 못했는데, 나이 들어
가슴에 박힌 옹이 어루만지며 길을 나섰다

꿈과 욕망으로 학교 문 열고 들어선
배움의 길 주위에서는 나이 들어
배움이 뭐가 필요하냐고
욕심 내려놓고 살라는데

늦었다고 느낄 때가 빠른 길이란 말처럼
나에게는 배움이란 젊음이 있다

스스로 격려하며 공부를 한 지
벌써 한 학년이 지나갔다
몸은 늙어가지만, 마음은 여전히 청춘이다

갈망하던 대학을 이수하려고
오늘도 졸린 눈 비비고
수업에 임하는 마음
하나둘 힘겹게 쌓이는 돌탑에
행복 무지개가 깃드는 노년을 살고 싶다

미움

나는 알았네 미움은 마음에 돌을 쌓는 것
미워한들 무엇 하리오
나만 힘든 것을

오죽이나 불쌍하면 남에게 독설을 퍼 불까,
미워한들 무엇 하리오
내려놓고 가야지
남에게 독설은 자신을 창살에 가둔다는 걸
모르는 불쌍한 사람

미움보다는 측은한 마음으로 살아야겠다
미움에 탑을 쌓다 보면 나만 힘들다는 걸

기도해야겠다
독설이 가두어 놓은 감옥에서 벗어나
칭찬의 햇살 누리기를

백
지

이 세상 올 때 가지고 온 하얀 종이
인생 그림 그려가려고 가져왔는데

세월 따라 걸어온 길
흙탕물에 오염되어 버린 종이

지울 수도 없고
어쩌나
탐욕으로 얼룩진 종이

떠나갈 때 어찌 가져가나
무엇으로 지울 수 있을까
걱정이네
좋은 방법이 없으려나

부부

백년가약 맺은 인연 사랑을 꽃피우며
함께 걸어온 시간은 행복이 가득

짧게 느껴지는 앞날
서로 손 잡고 힘차게 걸어가요

검던 머리카락 하얀 눈이 내리고
곱디고운 얼굴 인생 그림 가득 그려졌지만

한 쌍의 원앙 되어 날아온 세상
당신이 있어 행복합니다

황혼이 물든 종착역을 향해
서로 의지하면서 날아가요

아름다운 추억 담긴 사진첩 들고
단풍 길을 걸어가요

세상이 어찌하여

아무리 반려견이 이쁘다고
그럴 수 있을까!

낳아 준 부모는 지팡이에 의존하여
힘겹게 걸어가고, 반려견은 품에 안고 가고

애송이 자식은 걷게 하고,
반려견은 유모차 타고 가는 세상이 되었으니

부모에게는 단돈 천 원도 쓰는 게 아깝고,
반려견 간식은 비싸도 카트에 담는 세상

열불이 난다

인간이 소중하다 말하지만,
찬밥 신세가 되어가는 세상
내일이 걱정된다

이제라도 내 부모 내 자식이
더 소중하다는 걸 깨우쳤으면 좋겠다

시화전

꽃길 따라
시어가 무리 지어
봄나들이한다

봄 햇살에
아름다운 이야기
걸어 놓고
소곤소곤

펄떡거리는 시어
상춘객의 마음에
파고들며
미소 짓는다

아름다운 동행

기차 타고
병원 가는 날
차창에 비친 노부부

손잡고 웃음 짓는 모습에
행복이 가득

내 나이 벌써 육십
얼마나 더 걸을지 몰라도
아쉬움이 차창에 아른거린다

남은 삶 후회 없는
아름다운 여행을 하고 싶다
사랑하는 동반자랑 손잡고서

아름다운 인생

꽃길 걷고 싶은데
가시밭길을 걷고 있다

찢기고 찢겨도
내겐 소중한 인생길

가시밭길 걷다 보면
가랑비처럼 스며드는 게 행복인데

욕심 때문에
잡으려 애쓰는 어리석음

오르막도 내리막도 생각하기 나름
마음 편히 살다 보면 평지 길인데

오늘이 아닌 지금, 이 순간
소중함을 느끼며
알차게 살아가는 것이 아름다운 인생

어느새 벌써

꽃망울 머금고 찾아온 세상
설렘으로 발 디딘 여행길

바람은 불어와
청춘을 불태우고

어느새 벌써
젊음은 아쉬움 남기고
세월에 이끌려 떠나갔네

쪽빛 가을 하늘에
꿈을 담는 나그네

염색

거울 속 백발의 중년
세월은 어쩔 수 없네
나이가 들면
변해 가는 게 당연한 것을

서글픈 마음
감추려고 칠을 하여도
세월이 남긴 흔적 지울길 없어라
야속한 마음 어찌할까

인생
1

꿈을 심던 봄날이 좋았고
꽃 피던 청춘이 좋았지

황혼빛 물든 가을
뒤돌아보니
아쉬움만 넘쳐흐른다

나뭇가지 붙잡고
애원하는 이파리 같은 중년

세월은 얄궂은 바람 되어
나뭇가지를 흔든다

인
생
2

버려야 할 것이 무엇일지
아는 순간부터
물드는 단풍

나이 먹을수록
내려놓으며 살면
곱게 익어 갈 텐데

탐욕에 물들어
검게 변해 가는
중년의 가을은 서글퍼라

인
생
3

살아간다는 것이
다 그런 거지

살다 보면
마음먹은 대로 뜻하는 대로
안되는 게 세상살이

그냥 마음 편히
순응하며 살아가는 게 순리

가끔 힘든 길을 걸어도
좌절하지 말고 힘을 내어 걷다 보면
꽃길이 반겨주지

밤하늘 별처럼
편안한 안식을 취하며
내일을 준비해 본다

남은 인생길 즐겁게 웃으며
감사한 마음으로 살아가리라

인생 4

인생 뭐 특별한 게 있나요
소주 한 잔 같은 삶
마셔도 채워지지 않는 욕망

채우면 채울수록 힘든 마음
잔을 비우고 산다는 게 힘들다

채우는 소주의 마음보다
비우는 차 한 잔의 마음을 담고
살았으면 좋겠다

욕망에 얼룩진 눈을 씻어 내고
차향에 피어나는
아름다운 인생을 살고 싶다

인생 5

꽃 같던 청춘 떠나갔다고
서러워 마라
꽃이 머물다 간 자리에 열매가 맺히고

삶 또한 잠시 머물다 가는 공간
미련을 두지 말고
세월 따라가야지

떠나는 것이 순리라면
꽃 피는 청춘에게
남겨두고 떠나가자

돌아보면 멋진 인생의 열매가
익어가는데,
웃으면서 황혼길 걸어보자

인생길

고운 꽃 피어난 길
고무신 아장아장

비바람 불어와서
꽃잎을 떨구더니

뙤약볕 뜨거운 청춘
단풍으로 물드네

전어

바다 향기 가득 담아
밥상에 오른 너

노릇노릇 감칠맛에
비어버린 밥그릇

입가에 드려지는 행복
가을이면 너를 찾는다

조약돌

울퉁불퉁
모난 마음으로 굴러온 나

세월 풍파에 닳고 닳아
둥글어진 조약돌 인생

비바람 눈보라에 씻기어
고운 빛깔 물들인 채
인생길을 굴러가는 돌 하나

노을빛 품은 채
애절한 마음 담아 노래를 부른다

좋아요

산다는 게 가끔은 힘겨워도
미소 짓게 하는 사람들이
있어서 좋아요

여행하며 만나는 사람들과 풍경들은
나를 반겨주니 좋아요

온라인에서
만나는 글 벗과 정을 나누며
행복을 담는 글 쓸 수 있어서 좋아요

중년의 멋진 모습으로
익어 가는 나

살아가는 하루가 즐겁고,
감사한 마음 느낄 수 있어서 좋아요

탄생

이 세상 찾아온
생명은 아름답다

혜성 타고 온
아기 천사

축복이 가득한
시간 속에

꽃길만 걸어가길
손 모아 기도한다

탈출을 꿈꾸는 새

창공에 나래 한번 펼치지 못한 창살 속 앵무새
파드닥파드닥 탈출을 꿈꾸지만

넘을 수 없는 벽
창밖 나뭇가지에 앉아 조잘대는
참새를 바라보는 슬픈 눈망울

창공을 날고 싶다고
목 놓아 외쳐 보지만
들어 주는 이 없는 수감 생활

삶을 체념한 채
애환을 담아 부르는 노래

사람들은
마음을 아는지, 모르는지

해우소

넓은 세상 떠도는 여정에
쌓여 가는 욕망의 찌꺼기
비워야 하는데

비우지 못하고 채워만 가네
마음속에 쌓인 침전물
방출하며 살고 싶다

어둠이 내려앉은 뒷간에 앉아
달빛에 시름 걸어 놓고
몸과 마음에 쌓인 노폐물을 방출한다

고요 속에 떨어지는 소리
가벼워진 몸과 마음

행복

청실홍실 엮어 만든 울타리
두 손 잡고 걸어온 시간

파랑새 노래하는 행복 찾아
정신없이 달려왔건만

세월은 청춘을 보내 놓고 조롱하네
길섶에 드려진 아쉬움

왜 몰랐을까, 걸어온 길에
행복이 피고 지었다는 걸

인생 가을날에 되돌아보니 알게 되었네,
길섶 가득 행복이 피어 있었음을

4부

자연이랑 함께하는 삶

가을 인생

푸르던 청춘에
세월 바람 불어와
탐스럽게 익어 간다

머리카락에 내려앉은
세월 품은 하얀 먼지
깊게 주름진 얼굴에
그려진 인생 이야기

석양이 내려앉은 길가
등짐 가득 진 나그네
파랑새 날아와 어깨를 토닥인다

가을

박꽃의 그리움을
달빛에 드리우고
반딧불 춤사위로
풀벌레 노랫소리
가을이 길목에 오니
서성이는 이내 맘

대추 알 올망졸망
가을을 장식하고
마음은 콩닥콩닥
풍년을 기다리네
시 한 편 읊조리는 나
행복 노을 물든다

간월산 산행

가을 햇살 내려앉은 길모퉁이
야생화 방긋방긋
바람도 가슴에 안기며 반겨주네

도란도란 이야기 속에
송골송골 피어나는 행복

억새 춤추는 간월재 추억을 새겨 넣으며
미소 짓는 선남선녀

가을 추억 사진 한 장에 담고,
배낭 속에 행복 담아
하산하는 발걸음 스며드는 노을

산을 사랑하는 벗이 있어 좋고
소주 한 잔 정을 나눌 수 있어
인생은 아름다운 여정

감포 바닷가

바위섬 왕릉
천년의 우국 충절 파도에 담은 채
해변을 서성이는 혼불

세월이 흘러도
나라 사랑하는 마음은
갈매기 날갯짓에 일렁이는데

하나 되어 막아도 힘든 난국
편 갈라 정쟁하는 후손을 걱정하는 눈빛

정신 차리라 호통 소리 뭍에 올라
가슴 파고들며
호국 정신 일깨우건만

아는지 모르는지
귀 막아 버린 세상
애가 타는 용왕의 눈물

계곡 산행

높은 산 깊은 골짜기
세상 밖으로 흐르는 물소리

산새 노랫소리
덩실덩실 춤추는 나뭇가지

오솔길에 핀 야생화
미소로 반겨 주던 생전에 울 엄마 모습

냇물에 발 담그고, 사색에 잠기니
바람은 달려와
힘겨운 마음 내려놓고 가라 하네

낙화

꿈에 그리던 임은 언제 오시려나
담장에 올라
고운 꽃 피었건만

오시지 않고 바람만 다가와
향기 가득 담고 떠나네

향기 따라 찾아오려나
동구 밖 바라보며 기다려도
오지 않는 임

별빛 내린 밤
눈물로 지새우고
바람 따라 떠나가는 여인
내딛는 발걸음마다 한이 서린다

농부의 사계

아지랑이 피어나는 봄날
밭 갈아 희망을 심고

여름이면
구슬땀에 정성 담아
풍년을 기원하네

가을이면 머리 숙여
익어가는 곡식 바라보며
어깨춤 덩실덩실
감사한 마음 가득

겨울이면 아궁이에 불 지피고,
도란도란 행복 꽃 피우며
봄날을 기다린다

단풍

기나긴 여름날
그대 오신다기에

설레는 마음
발그레 물들었네

세상은
어느새 짙어 가는데
임은 오지 않고

갈바람만 불어
고운 잎 떨구네

대추

늦둥이 걸음마로
여름 길을 걷더니

올망졸망
어느새 탐스럽게
영글고

가을 햇살 머금은
다둥이 형제
방글방글 미소 가득

두메 달맞이꽃

얼마나 기다려야
만날 수 있을까

엇박자 인생
전생에 무슨 사연 있길래

마음에 그리움을 담고
살아야 하나

사랑을 애타게 갈구하는
두메 낭자의 눈물

뻐꾹새는 그 사연을
아는지 슬피 울어 대네

들고양이

창수네 대문 앞,
덩그러니 놓인 쓰레기봉투 하나

살살 다가와 구멍을 내고,
통닭 조각 하나 물고 줄행랑을 친다

한참을 달려서, 도착한 공원 옆 돌 틈
수척한 새끼 고양이들 달려 나와 반긴다

장마 때문인지, 며칠을 배곯은 것 같네
맛있게 냠냠, 미소 짓는 양이 엄마

무궁화

삼천리 방방곡곡
하얀 물결 가득

고운 향기 속에
피어나는 나라 사랑

순국선열의 넋을 담고
온 세상 꽃 피운 채

평화로운 대한민국을
기원하는 꽃이여

문수사 사자암 가는 길

국화 향기 머물다 간 극락보전
바람은 솔향 뿌리며
지친 중생을 반겨준다

노송이 늘어진 계단 길 따라
마음속 모든 욕망 하나둘
내려놓고 오르다 보니

바위에 매달린 사자암
석양이 파고든 법당에 앉아
참선하며 나를 돌아본다

힘겨웠던 지난 일들 돌아보니,
바위 벼랑 끝에 서 있는 노송이
들려주는 말 한마디

마음에 욕심을 버려라

봄 처녀 오시는 길

산골짝 개울물 봄을 노래하고
개구쟁이 바람은 살며시 다가와
잠든 꽃 몽우리 흔들어댄다

토담 아래 매화는 향기를 담아
봄 처녀 반기네

앙상한 나무 기지개 켜고
껍질 속 두레박 소리
나뭇가지에 앉아 조잘대는 참새는
봄이 왔다고 떠들어 댄다

사과

여름 햇살에
곱게 물든 얼굴
합죽선 넘어 수줍은 미소

곤지 연지 찍고
가마 타고 시집갈 날
기다리는 누이

단풍길 따라
시내 구경 갈 생각에
웃음꽃 핀 산골 처녀

산딸기

수줍은 산골 소녀
산 아래 비탈길 바라보며
누구를 기다릴까

맑은 눈망울
풀잎 뒤에 숨어
그리움을 달래는 소녀

짓궂은 바람 다가와
풀잎 재치고
세상 밖으로 끌어낸다

산수유

봄 햇살에
노란 꽃 가득 피우고
세상에 향기 가득 뿌려 놓으며
함박웃음 짓던 너

푸른 잎 나풀나풀 춤추며
세상 구경
아침이슬 머금고
토실토실 영글더니

어느새
고운 빛깔로
익어가는구나
가을이 무척 보고 싶나

산행

희망을 담은 봇짐 메고 산을 오른다
시냇물 소리, 새소리 벗 삼아 오르는 고행길

거친 숨 고르며 오르막을 내딛는 발길
몸은 힘들어도, 마음은 설렘 가득

구름도 바람도, 쉬어 가는 산마루
성취감에 밀려드는 행복
산을 오른 사람만 느낄 수 있는 특권

희망을 담은 봇짐 풀어
세상을 향하여 날려 본다
파닥이며 나는 희망의 새

창공을 넘나들며
무지개 그려 넣는다

삼복더위

따가운 여름 햇살
시원한 계곡 찾아
가마솥 불 피우고
토종닭 약초 가득
끓여서 먹던 보양식
복날이면 생각나

매미가 울어대는
시골집 툇마루에
잘 익은 수박 한 통
쪼개어 먹던 여름
그 추억 생각이 나서
먹어보는 먹거리

상처

소나무 삼 형제
야욕에 유린당한 깊은 상처

기나긴 세월의 흐름에도
치유하지 못한 채

깊은 자국 끌어안고
사는 슬픈 사연

바람만이 찾아와
토닥이며 위로한다

송림사

가을이 물든 산사
천년 세월의 바람을 품은 채
서 있는 오층탑
중생의 간절한 마음 담아
하늘에 고하네

법당에 앉아
힘겨운 마음 내려놓으며
기도하는 중생
감싸주는 세존 불

석양이 머무는
산사를 뒤로한 채
일주문 나서는 중생의 어깨
희망의 햇살 내려와
토닥이며 미소 짓는다

송소고택

아흔아홉 칸 기와집
추억 속에 담긴 사연
바람은 다가와 들려준다

세월은 흘러
현대 문명에 서 있지만
찾아온 길손 반기느라
분주한 툇마루

디딤돌에 가지런한 고무신
주인은 어디 가고,

석양은 그리움 담으며
어둠에 장막을 내린다

수도암

단풍이 곱게 물든 수도산 자락
목탁 소리 가슴에 파고들며
삶에 찌든 마음을 닦는다

화려하던 가을
갈 바람에 아쉬움 물들이고
떠나가는 발길에 떨어지는 낙엽

비로자나불 중생을 반기며
마음 편히 쉬다 가라 하네

공수래공수거 세상 여행길인데
욕심부려 무엇할까
내 것이 어디 있다고
잠시 빌려 쓰는 삶인 것을,

바람에 떠도는 구름처럼 살다 가야 하는데
양손 가득 잡은 욕심
내려놓으며 살고 싶다

야생화

너는
어쩌면 그렇게
아름다울 수가 있니

손길 한번 주지
않았는데

화려한 꽃보다
향기 짙은 너

하늘과 바람
세상을 품고 살아서
그런가 보네

연등

산사 마당
오색 연등 줄지어
세상을 밝힌다

세상 번뇌를 털어내고
부처님의 지혜로
중생의 마음을 비치는 불빛

처마 끝 풍경소리
법문 담아
바람에 띄우며

간절한 마음 담아서
하늘에 고한다

예천 여행

세상을 밝히던 꽃들이 떠난 자리
한적한 시골 풍경 그리워 여행길에 오른다

뻐꾸기 울음소리 정겨운 숲길 따라
설레는 마음 안고 전망대 오르니
발아래 펼쳐진 회룡포 풍경

삼강주막 평상에 막걸리는 길손을 부른다
가득 부어 벌컥벌컥 마셔 버린 술 한잔

시 한 수 읊으며
추억 속 친구 불러 본다
윤슬이 꿈틀거리는 강물에 조각배 띄우고

삶에 지친 나그네
어깨에 걸터앉은 노을
투덜거리며 따라가는 그림자의 종종걸음

오두막집

비탈길 돌고 돌아
화전 밭모퉁이 홀로 남은 너와집

거미줄 늘어진 담벼락
워낭은 매달려 바람결에 추억을 담는다

인적이 떠난 지 오래
청설모 오소리 산까치가 찾아와
터 잡고 오순도순

세월 풍파에
벗겨져 창공을 맴도는
추억의 그림자
노을빛에 글썽글썽

어둠은 다가와 툇마루에 앉아
별들을 불러놓고
추억 노래 부르며 외로움 달랜다

운문사 처진 소나무

세상에 잘났다 머리 쳐들고
우쭐대는 사람들아
청도 운문사에 가 보았는지

마음을 닦는 독경 소리
깨달음 얻고 참선하는
한 그루 소나무 보았는지

발아래 바라보며 겸손한 마음 갖고
살아가는 게 신선의 마음이란 걸 아는지

잘 나고 못남이 어디 있나
도토리 키재기 아니던가,
우쭐대지 말고 겸손한 마음으로
남은 인생 멋지게 살아가기를

천년고찰 도리사

천년의 세월 품은 산사
삶에 지친 중생 이끌어
극락전 툇마루에 앉히네

법당 처마 밑 풍경소리
외로움도, 쓸쓸함도 내려놓고
마음 편히 내려가라 하네

바람은 소나무에 내려앉아
욕망도, 힘겨움도 내려놓고
가볍게 내려가라 하네

법문 속 가르침 마음에 담고
새소리, 시냇물 소리 들으며
가슴에 행복 담아 가라 하네

청포도

유월의 햇살
새근새근 잠자는 포도알 남매
토닥인다

바람결에
잠 깰까 봐
조바심으로 바라보는
엄마처럼

단잠에 커가는 어린 남매
시끌벅적 떠들던 바람
요람 속을 바라보다
잠이 들었네

파도

그리움 안고
먼바다 헤엄치고 찾아와
뭍을 오르지 못한 채

조약돌에 편지 써 놓고
사라져 가는 서글픔
오늘도 해변을 맴돈다

언제쯤
마음에 담긴 그리움 떨궈놓고
웃으며 돌아가려나

공영란 (시인,작가,평론가)

사랑과 그리움의 절규는 삶의 미학이다

시인이 시를 쓰는 이유는 여러 가지 까닭이 있겠으나 보편적 공통점은 삶의 아픔을 묵도하고 견디기 위함이다. 삶은 참으로 수수께끼 같아 한치도 예측할 수 없다. 아마도 이 세상에 고통이 없다면 시를 쓰는 이가 없었을지도 모를 일이다. 그렇다면 시인도, 시도 존재하지 않을지 모른다. 시를 쓴다는 건 세상과 존재에 대해 깊이 생각하고, 이해하며 자신의 삶을 견디기 위함일 수 있다. 시란 자기 존재의 탐색이고 응시이며, 성찰로 삶을 돌아보는 원동력이다. 시의 세계는, 말로 다 할 수 없는 세계에 대해 언어의 빛깔로 빚어낸 은유의 소환으로 자유로운 영혼의 표집이다. 시인은 시를 쓰며 영혼을 맑게 닦아 디스토피아에서 유토피아를 꿈꾼다. 더욱이 타인에게 공감을 주어 그의 삶도 위로하며 견디게 한다. 그래서 시가 위대한 것이다.

채현석 시인의 시에는 사랑이 가득하다. 그 사랑은 하나이면서 둘인 그리움이다. 시인의 사랑은 너무 벅찬 사랑이어서 잊을 수 없는 그리움으로 남아 있다. 그의 사랑이 전달되지 않는 그리움의 자리가 더 큰 것인지 시(詩)마다 간절한 사랑을 담고 있어, 그리움은 시인에게 상처요 아픔이고 외로움으로 자리하여 시에서 그 마음이 진솔하게 그대로 느껴진다.

사랑하는 당신

-전문-

1부 〈사랑하는 당신〉에서 그의 사랑은 순수시라 할 만큼 맑고 깨끗해 아름다운 행복을 느끼게 하는 사랑의 미학으로, 우리 삶을 회복시키는 에너지 충만의 힐링(healing) 시라 하겠다.

이처럼 채현석의 시속에 나타난 파고는 삶의 근원적 속성에 대한 긍정적 인식으로, 요란한 소리를 내지 않고 종소리처럼 은은한 울림으로 가슴을 파고들어, 인간과 물상들이 충돌하지 않게 잔잔한 어조로 그려낸다. 이런 감각을 창출해 내는 힘은 인간과 사물을 바라봄에 심오한 깊이가 있기 때문이다.

〈자화상〉은 중년의 나이에 찾은 고향, 그리운 유년의

추억을 분칠 하나 없이, 자신을 감추고 포장하지 않아도 되는 온전함으로, 세월의 바람이 모든 것을 날려버릴지라도 순수를 잃지 않는 무늬를 그리는 모습으로, 독자에게도 페르소나(persona, 가면)를 쓰지 않아도 되는 여유로운 미소로, 추억을 소환하여 순수 시절 그리운 유년의 사랑을 그려내게 한다.

이는 현재의 부정적 시각을 긍정적으로 바라보게 하는 심성의 바탕에, 인간애가 깊이 침전되어 있다가 샘물처럼 시심으로 솟아올라, 기억 속에 묻혀있던 젊은 날에 대한 향수를 고백한다. 채현석 시인은 그 고백이 생활 속 새로운 진리를 뿜어내어, 삶의 여정에서 나침반이 되도록 하는 기량이 탁월하다.

2부의 시는 대부분이 부모님을 그리워하는 시로 어머니에 대한 기억 부분이 많다. 세상의 어머니가 위대하다는 것은 만고불변의 진리이다. 어머니는 출산의 고통이 극심했어도, 그보다 더한 죽음의 고통이 와도 자식을 위해서라면, 자신의 인생 전부를 희생하면서도 감사하고 기뻐한다. 채현석 시인의 태생은 허약하여 주변의 걱정거리였지만, 어머니의 정성과 기도와 사랑의 돌보심으로, 지금의 행복이 존재함을 깨닫는다. 그러나 세상의 대부분 자식이 그러하듯 깨닫고, 뉘우치며 후회할 때엔 부모님의 자리는 이미 빈자리로 그리움만 덩그러니 남아 있다. 돌이킬 수 없는 후회는 이미 엎지른 물이 되어 통한이 되게 마련일 것이다. 생전에 사랑한다는 살가운 표현 한 번 못한 자식이지만, 어머니를 보는 듯 그리움을 달랠 수 있는 추억은 고향의 곳곳에, 현실처럼 시인의 가슴에 무수히 쌓여 산처럼 높은 것만은 확실한 듯하다.

4부 〈자연과 더불어〉 속에서 현실은 우리에게 피할 수 없는 문제들을 계속 제시하고, 우리는 그 문제를 해결하며 사는 것이 일상이구나 느끼며, 시는 사회라는 공동체 속에 살아가는 현대인들에게, 정서적 순화를 안착시키는 정화 방편임을 깨닫는다. 보통 오늘은 즐겁게, 내일 또 다른 기대감으로 살지만, 막상 오늘이 지나면 특별함 없는 내일이 다가오는 허무함의 연속과 마주하는 게 태반이다. 그러므로 자기 성찰의 시간이 필요하다. 자기 행동에 대해, 거울에 비춰보고 드러난 것에 대해, 진지한 눈뜸으로 보이지 않아 주체할 수 없게 억압되었던 게 은유적 언어 표현으로 승화되어 시에 표현되는 것이다. 미치도록 두드려 흩어진 세월과 고독으로 목말랐던 추억들의 흔적을 끌어모아, 혼자 돌아가는 회전의자에 앉아 사색하는 자유를 누리

듯, 채현석 그의 시는 고독한 철조망에 향기로운 꽃이
핀 듯하고, 바싹 말라버린 여운, 두려움을 가슴에 묻
어 둔 수채화 한 조각으로, 존재의 가치가 입속에 글씨
토막 뭉개 넣고 눈 감아, 뜨거워진 가슴이 눈물로 채워
지는 느낌이다. 숨 할딱거리고 비목처럼 서 있는 듯한
꿈속 같은 추억. 그 그리움이 찻잔을 모아쥐면 온기가
두 손에 전해지듯 독자들의 마음에도 녹아내려, 스스
로 돌아보고 후회 없는 행복을 수북하게 쌓는 다짐을
주지 않을까 생각한다.

참기 어려운 더위도 금방 숭숭 뚫려 긴장된 거친 숨소
리로 헐거워진 가슴에 노란 은행잎 헌책 같은 세월의
책갈피로 묻듯이, 뒤돌아보는 헛기침 같은 소중한 시
집이란 확신으로 추천하며, 엮으시느라 애쓰시고 수고
하심에 박수와 응원을 보낸다.

축제

채현석

우리집 담장에

매화, 산수유, 제비꽃
벙글벙글 피었어요

올봄에도 앞마당에
봄꽃축제 열렸어요

고향

채 현 석

물안개 내려앉은
시냇가 물소리는
나그네 반기는데
산 까치 울어대는
고향 집 뒤뜰 고목은
옛 노래를 부른다.

정든 임은 어디 가고
바람은 툇마루에
먼지 속 추억 하나
꺼내 놓고 사라지네,
언제쯤 다시 만나서
이야기꽃 피울까?

봄바람

채현석

봄바람
살랑살랑 불어와

잠꾸러기
라일락을 깨워요

통달새 날아오르는
언덕에 놀러 가자고

봄바람은
우리 엄마 같아요

좀 더 자고 싶은 라일락
마음도 모르나봐

길섶에 드리워진 그리움

초 판   2024년 10월 20일

발행처   도서출판 지식나무

저 자   채현석

발행인   김복환

출판등록   제 301-2014-078 호

주 소   서울시 중구 수표로 12길 24

전 화   010-6732-6006

이메일   booksesang@hanmail.net

값 12,000원

ISBN 979-11-87170-79-2

※잘못된 책은 구입처에서 교환하여 드립니다.

이 책은 (재)구미문화재단 『2024년 구미 예술창작지원사업』으로 발간 되었습니다.